마음대로
달
리
다

마음대로 달리다

발행일	2018년 4월 18일

지은이	서 은 종		
펴낸이	손 형 국		
펴낸곳	(주)북랩		
편집인	선일영	편집	권혁신, 오경진, 최승헌, 최예은
디자인	이현수, 김민하, 한수희, 김윤주, 허지혜	제작	박기성, 황동현, 구성우, 정성배
마케팅	김회란, 박진관, 유한호		
출판등록	2004. 12. 1(제2012-000051호)		
주소	서울시 금천구 가산디지털 1로 168, 우림라이온스밸리 B동 B113, 114호		
홈페이지	www.book.co.kr		
전화번호	(02)2026-5777	팩스	(02)2026-5747

ISBN	979-11-6299-078-0 03810 (종이책) 979-11-6299-079-7 05810 (전자책)

이 도서의 국립중앙도서관 출판예정도서목록(CIP)은 서지정보유통지원시스템 홈페이지(http://seoji.
nl.go.kr)와 국가자료공동목록시스템(http://www.nl.go.kr/kolisnet)에서 이용하실 수 있습니다.
(CIP제어번호: CIP2018011270)

마음대로大路

달리다

행복과 불행 사이를 오가며
일희일비하는
이웃들에게 건네는
108편의 힐링 에세이

서은종 지음

북랩 book Lab

때로는 백 마디의 말보다 한마디의 말이

마음을 움직이기도 합니다.

마음을 움직이는

한마디의 말 같은 책이 되기를 바라봅니다.

서은종

도형(道形)

선로(線路)

선이 있다.

넘을 수 없는
넘을 수 있는

선
이
있
다
.

너무 가까이 있어서 못 봤을까?

늘 옆에 있었대….

너무 가까이 있어서 못 봤을까?

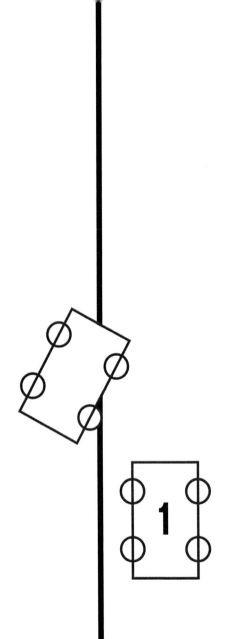

나를 버리고 가시는 임은
십 리도 못가서 발병 난다

아리랑 아리랑 아라리요

〈민요 「아리랑」 중에서〉

- 1의 초심 -

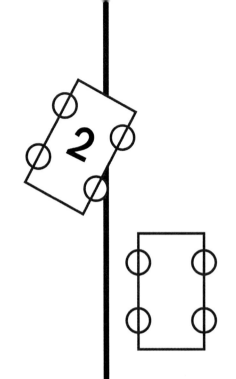

나의 미래는 항상 밝을 수는 없겠지
나의 미래는 때로는 힘이 들겠지
그러나 비가 내리면 그 비를 맞으며
눈이 내리면 두 팔을 벌릴거야

행진 행진 행진하는 거야

〈들국화 - 「행진」 중에서〉

- 2의 초심 -

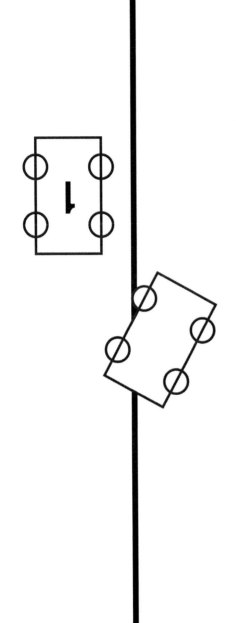

느리다며 조롱하는 듯하다.

막다른 골목으로 몰아넣는 건

누굴까?

- 1의 재심 -

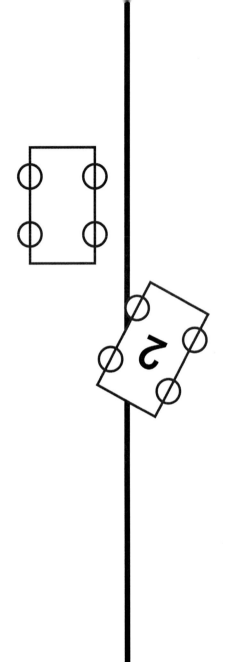

앞으로 나아간다는 것

남을 앞질러 간다는 것

그만큼 적이 생긴다는 것을 의미한다.

감당할 수 있을지

조심스럽고 두렵다.

- 2의 재심 -

사라지고 나서 후회하기도 한다. 순간의 늪에 빠져 있었을까? 어쩌면 영원히 거기에 있었다면 후회하지 않았을지도 모른다. 거기에 머물러 있었을 때가 더 행복했을까? 아니면 지금이라도 후회할 수 있어서 다행일까? 저마다 행복이라고 부르는 순간이 있다면 그 행복은 순간의 늪에 빠져 있었던 시간일지도 모른다.

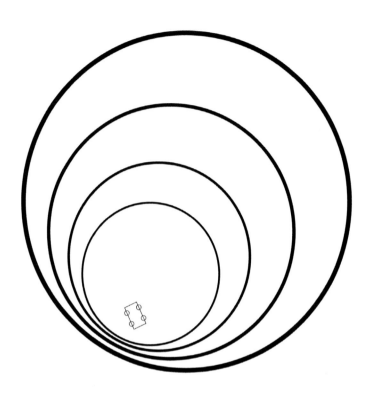

된다고 한 적은

머리로 사는 사람
가슴으로 사는 사람

- 안전거리 유지 -

이런 노래가 있다.

지금 이 무대에서 그냥 퇴장하면 돼

이제 주인공은 나야

더는 네가 아니야

너와 함께 웃고 있어도 그 앤 나를 생각할 텐데

그럼 네가 너무 비참하잖아

포기해

그 앤 이제 너를 원하지 않아

오로지 그의 마음속은 나로 가득 차 있어

미안해

이런 얘기 나도 원하지 않아

오 제발 그의 변심 앞에

나를 탓하지는 마

〈박지윤 - 「Steal Away」 중에서〉

똑바로

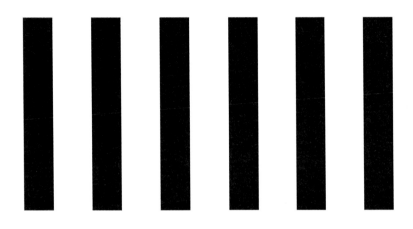

무의미한 약속일까?

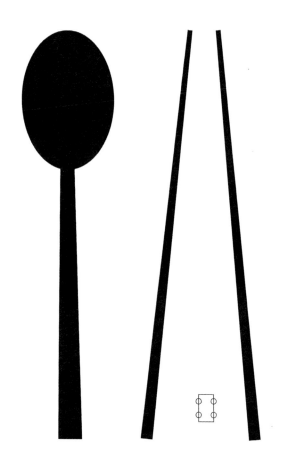

너의 허기를 채우려고
남의 숟가락 젓가락을 빼앗니?

- 내가 나에게 -

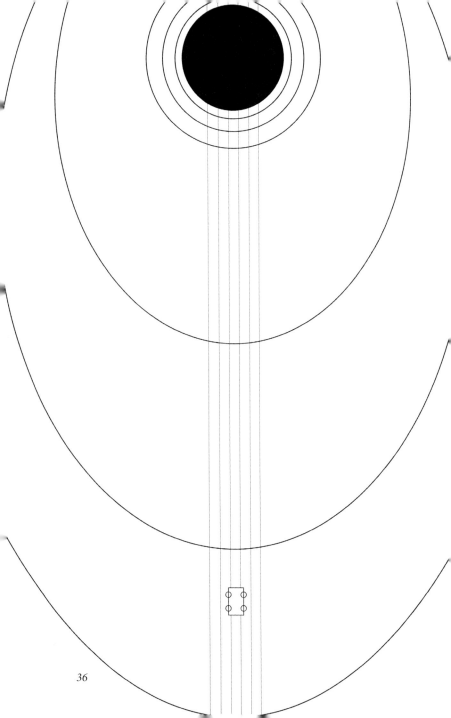

소문의 근원

들어갈까? 말까?

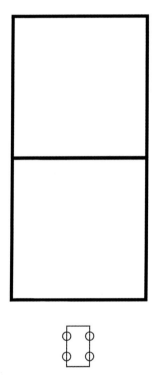

돌아갈까? 말까?

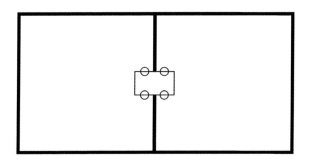

와! 한 자리 있다.

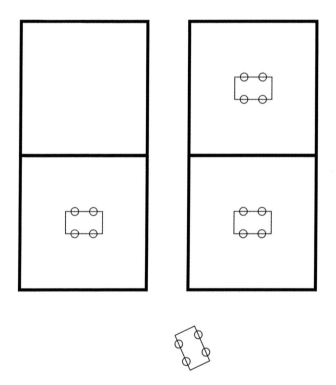

응?

시간은 기다려 주지 않는다?

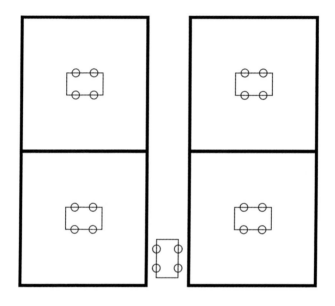

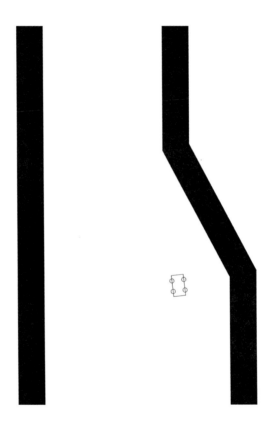

알면서도

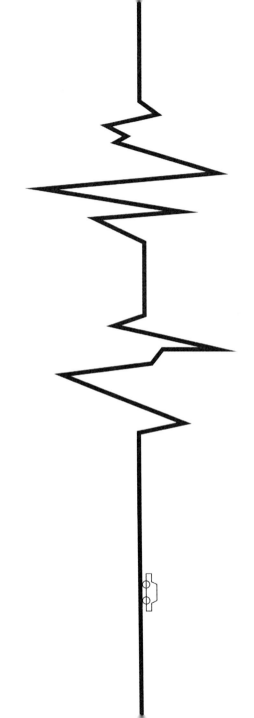

뛰었어도

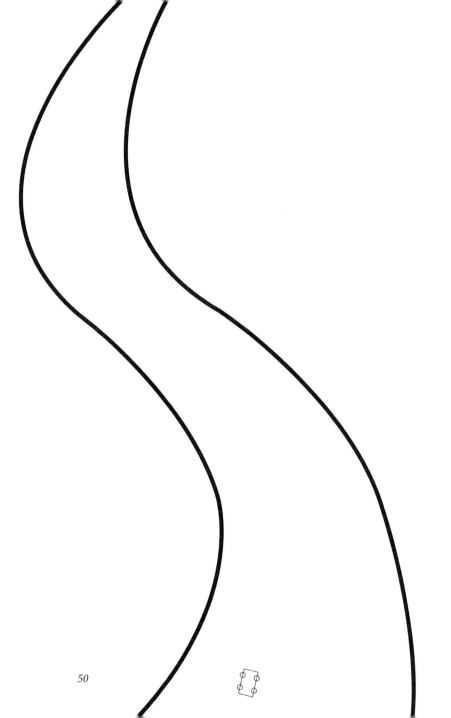

몰랐어도

별거 아닌데도

도형(道形)

몇 점?

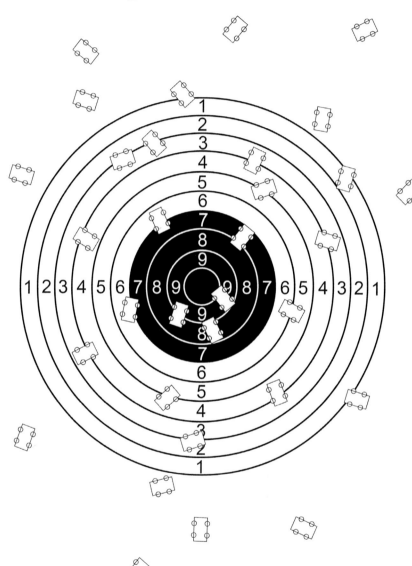

57

어울리니?

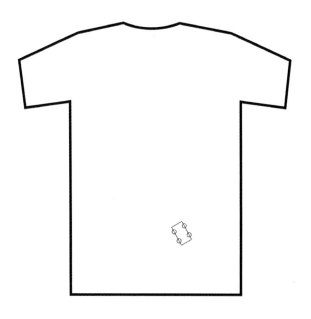

기본에 답이

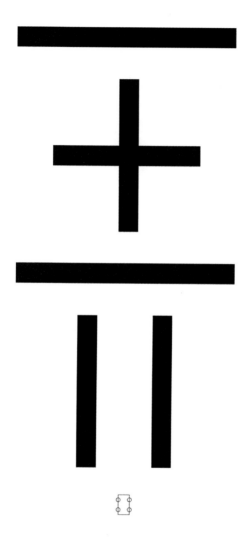

어디 있니?

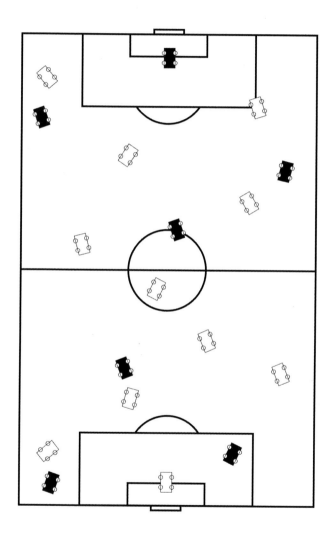

먹을 것과 섞여 있지만

먹으면 안 되는 것

- 방부제 -

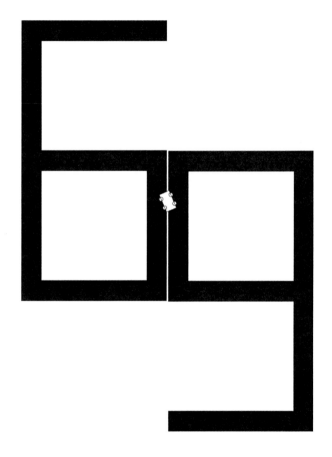

상황에 따라

환경에 따라

조건에 따라

- 69 -

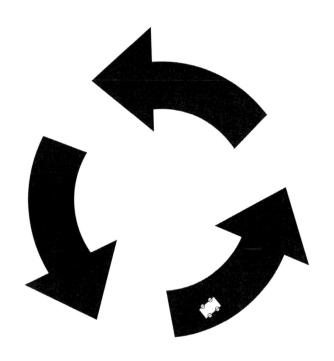

돌고 돌아

- 재활용·회전교차로 공통점 -

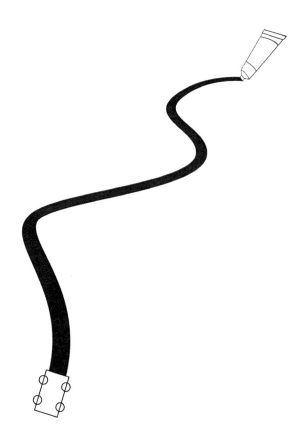

어떤 색으로 물들어도

- 인생 그리고 물감 -

지우개

지우고 싶은 것들

마음의 온도

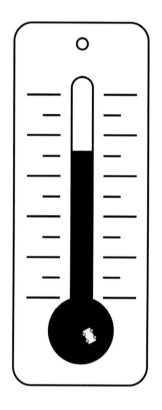

Why

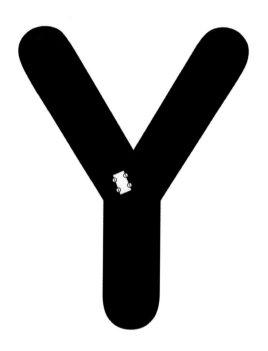

신데렐라

별별

신기루

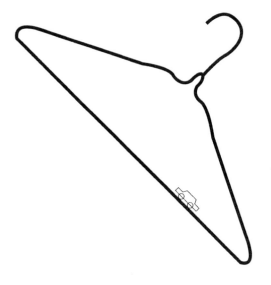

오르막?

내리막?

see eye to eye

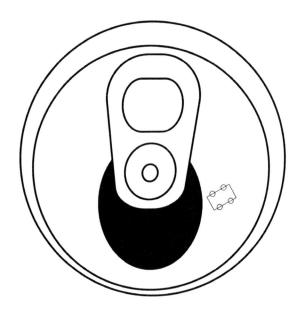

블랙홀

로또 줄서기

줄타기

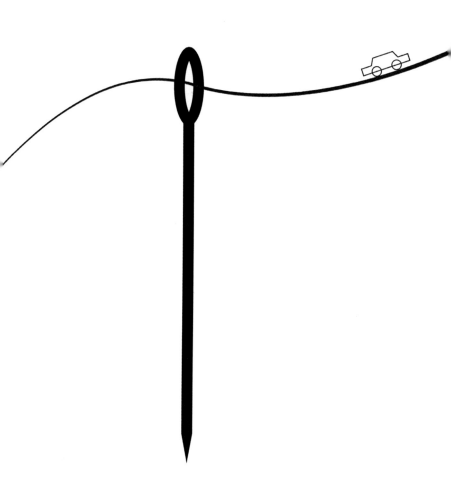

마음대로

올챙이 적

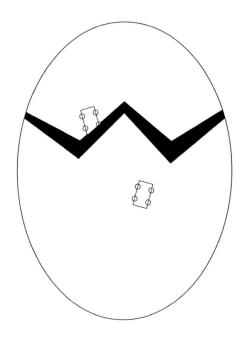

위아래

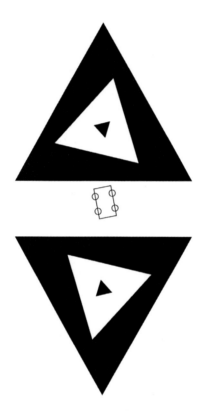

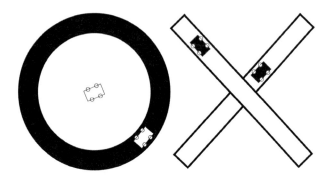

퀴즈

찍어대

다음 중 행복의 조건을 고르시오.

① 부
② 권력
③ 명예
④

정답 없음

불꽃

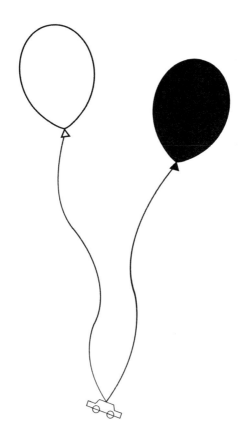

어디로

100%도 1%부터

잠자리

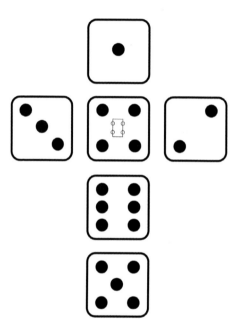

하늘 아래 뫼이로다

- 양사언 -

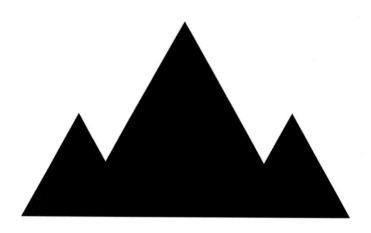

병들다

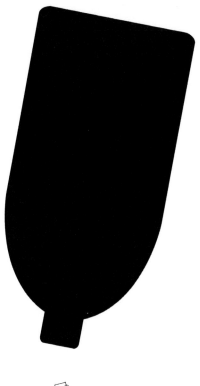

계급사회

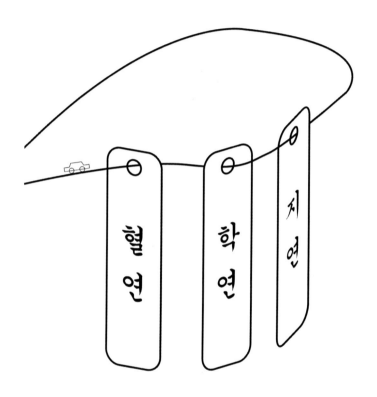

모래성

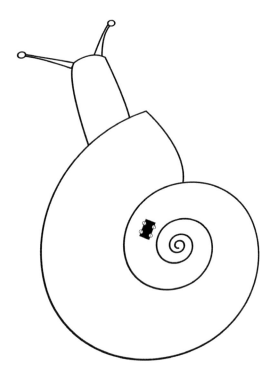

느릿느릿

내 손을 기어가다

내 속으로 들어왔을까

위태위태 버티며 걷다가도

도저히 견딜 수 없을 만큼 힘들 땐

눈물 몇 방울 떨구며

"괜찮아"

혼잣말로 위로하는

나는

달팽이일까

과속방지턱

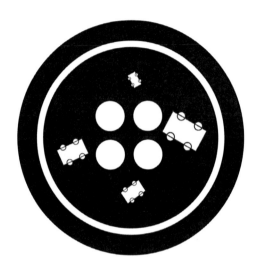

공평

평등

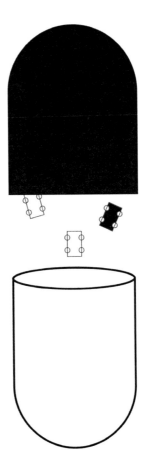

커피 MIX

장님 코끼리 만지기

- 맹인모상 -

(盲人摸象)

일방통행

홀로 헤집고 다닌다.

메스꺼운 내 마음을 아는지

검은색 아스팔트가 말하는 듯하다.

"이바! 토해!"

취사선택

(取捨選擇)

- 무당벌레 마우스 -

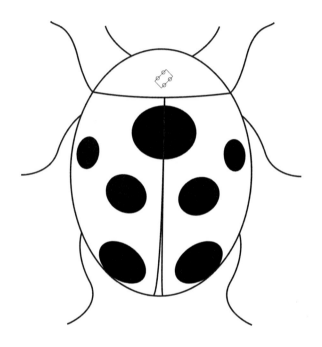

구불구불

울퉁불퉁

가시밭길

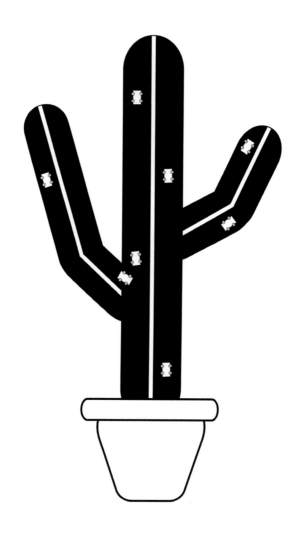

낙하

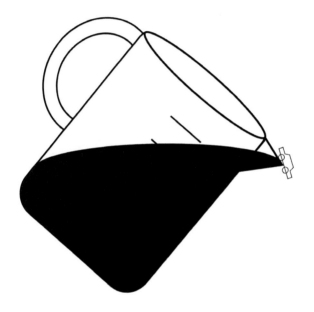

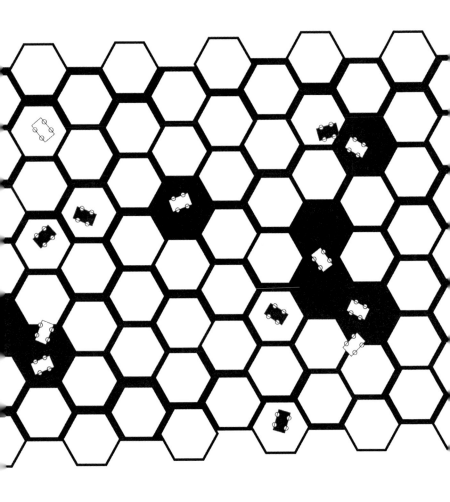

달콤 쌉싸름

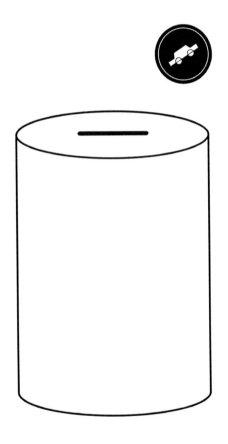

경험도 모이면….

속이 탄다.

나도 너처럼

- 동병상련 -

(同病相憐)

같을까?

한 방울

시야에서 벗어나면
희미해진다.

질투도
원망도

ㅇㅏㄴㄴㅕㅇ

이응으로 시작해서 이응으로 끝난다.

이응은 동그라미이다.

끊어지지 않고 이어지는 선의 연속

만나면 제일 먼저 하는 말

안녕

안녕은 관계다.

끊어지지 않고 이어지길 바라는 마음

오늘도 마음을 건네 본다.

안녕

언제?

- 타이밍 -

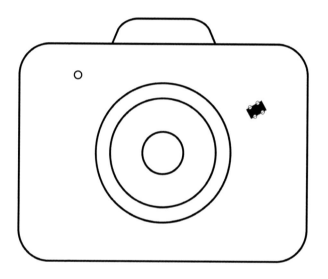

다 뱉어!

- 너의 대나무 숲 -

말리기 전에

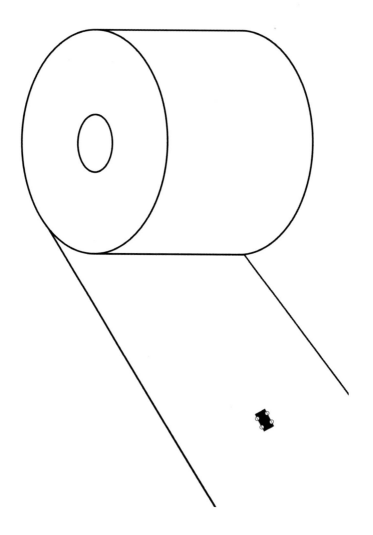

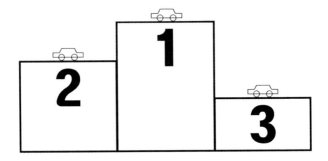

등수대로

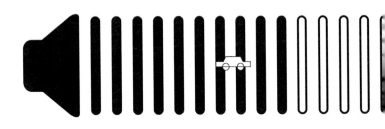

시끄로

소화되는 대로

갈 대로

그때로

지나치는 것들

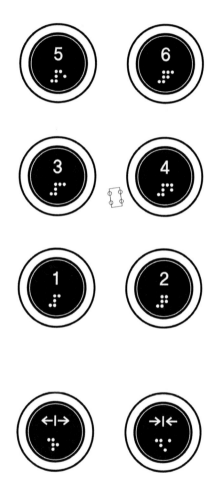

싫어도

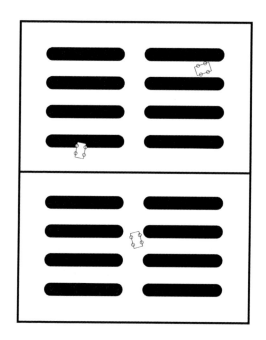

세모 네모

- HOME -

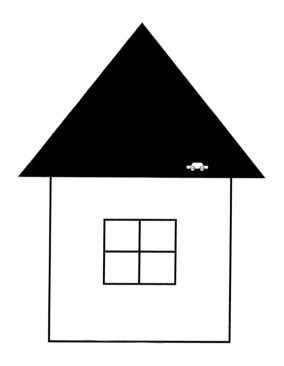

동그라미 여럿

- BUBBLE -

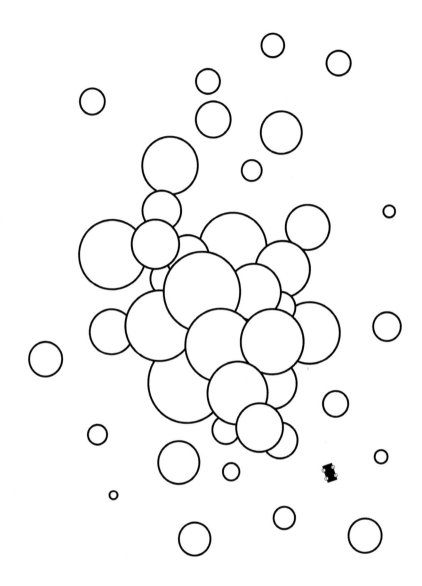

X-ray eyes

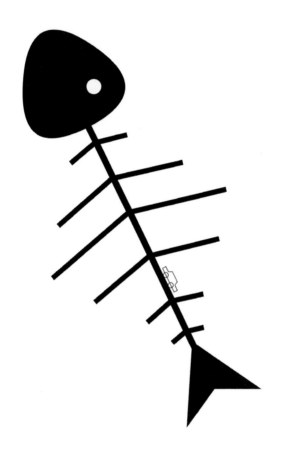

BAMBOO FOREST

넌 알지?

- 나의 대나무 숲 -

나가는 길

8282 4444 8282 4444

읽어도

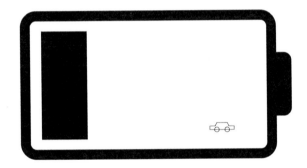

더 달릴 수 있을까?

가랑비에 옷 젖는 줄 모른다.

- 처음엔 단순 호기심 -

표리부동

(表裏不同)

- 소문의 실체 -

리액션이 필요할 때

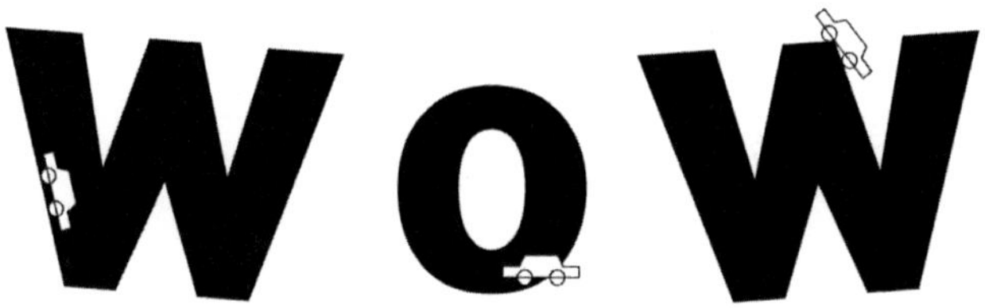
WoW

이미 알고 있었을까?

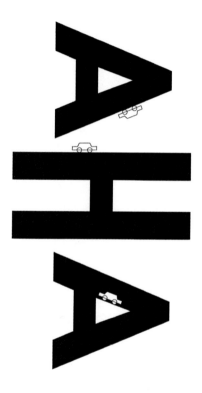

반전

분명 '미시오'라고 적혀 있는데도 당긴다.

사랑은 밀고 당기는 밀당을 잘해야 한다고 하던데
밀어야 할 때 당기고 있는 건 아닐까?

로그인 중

- Go to heaven -

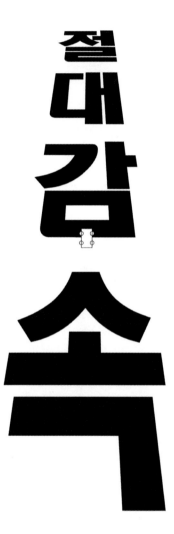

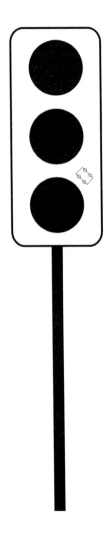

때로는

단지 거기 서 있었다는 이유만으로

비난받기도 한다.

거긴 안전하니?

- Safe Zone -

돌리면 돌릴수록

느낌표만 많아진다.

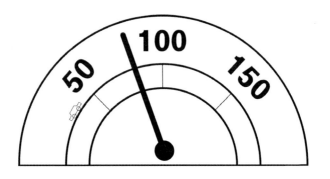

평균

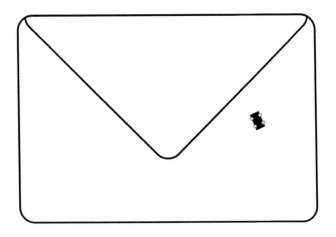

궁금해도

- 개인정보 -

인생 게임

말라가도

정면승부

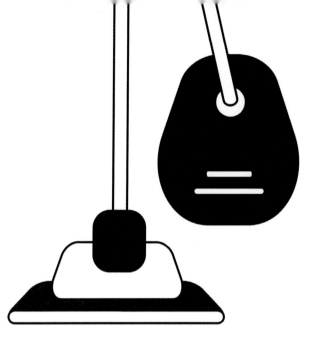

올라가고 싶어도
내려가고 싶어도

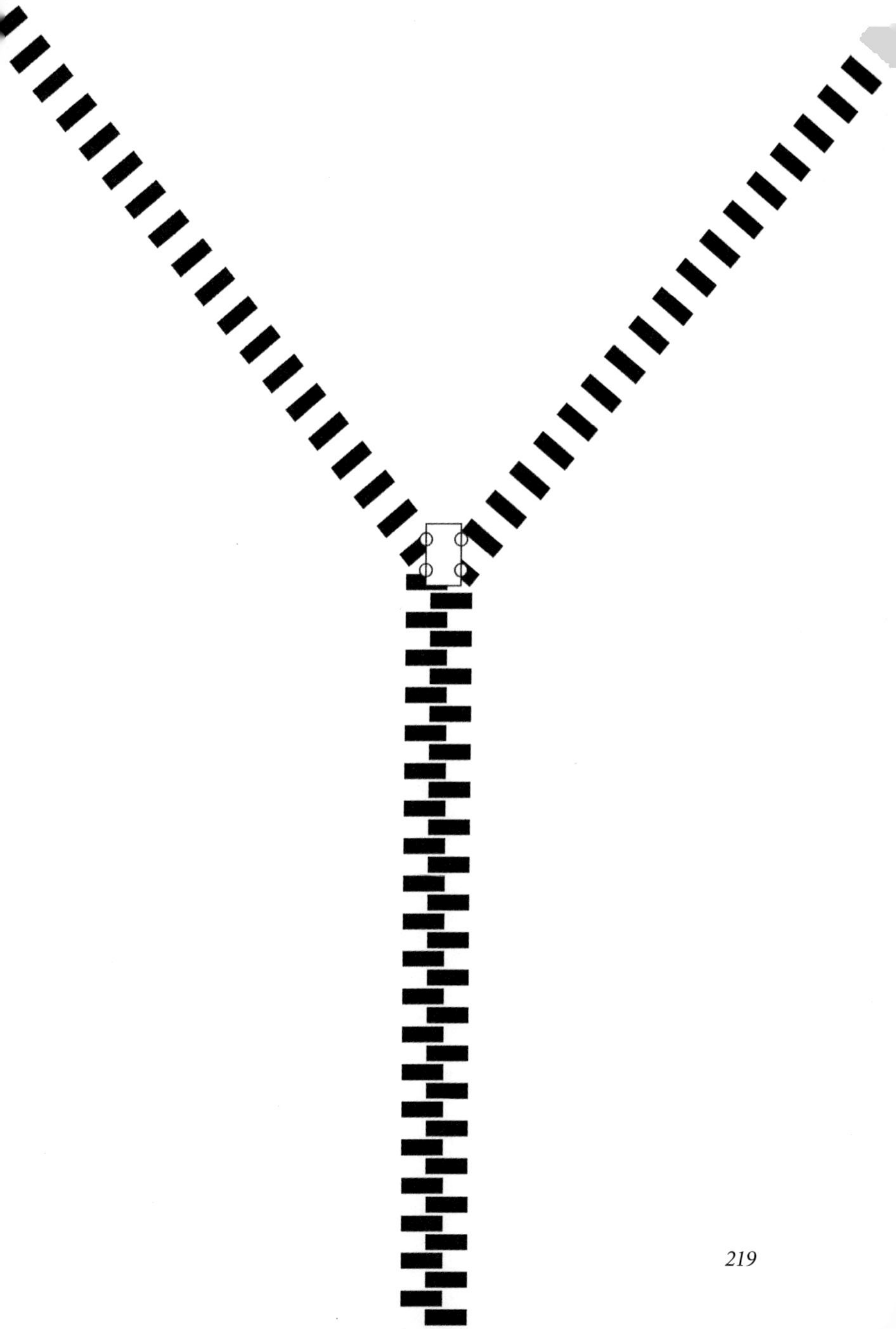

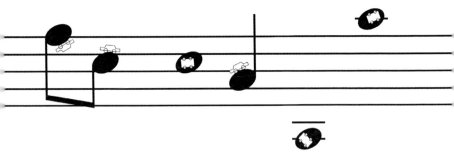

같은 공간
다른 시선

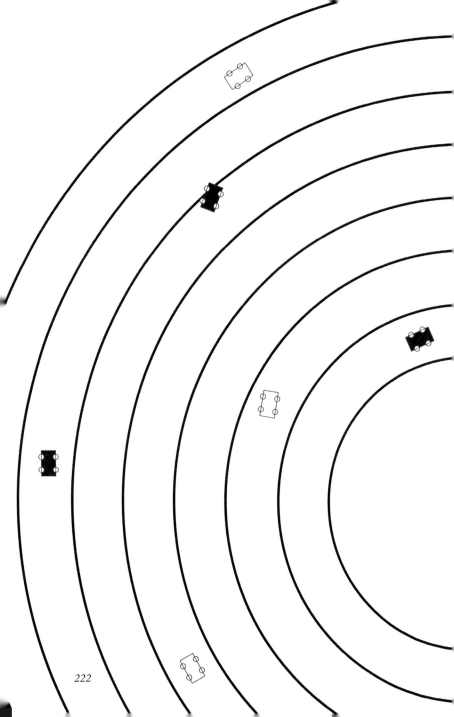

무지개 달리기

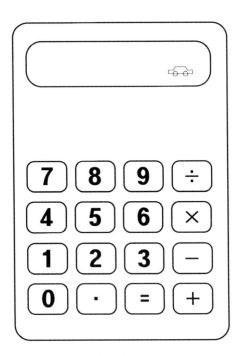

더하기, 빼기, 곱하기, 나누기는 계산기에만 있는 줄 알았다.

- 계산기 인생 -